Diferentes,
mas cada um do seu jeito

FICHA TÉCNICA

EDITORIAL Augusto Coelho
Sara C. de Andrade Coelho

COMITÊ EDITORIAL Marli Caetano
Andréa Barbosa Gouveia - UFPR
Edmeire C. Pereira - UFPR
Iraneide da Silva - UFC
Jacques de Lima Ferreira - UP

PRODUÇÃO EDITORIAL William Rodrigues

REVISÃO Arildo Junior
Alana Cabral

CAPA Roberto Leandro de Araujo
Lívia Costa

DIAGRAMAÇÃO Renata Cristina Lopes Miccelli

ILUSTRAÇÃO Roberto Leandro de Araujo

REVISÃO DE PROVA William Rodrigues

Editora e Livraria Appris Ltda.
Av. Manoel Ribas, 2265 – Mercês
Curitiba/PR – CEP: 80810-002
Tel. (41) 3156 - 4731
https://www.editoraappris.com.br

Printed in Brazil
Impresso no Brasil

Editora Appris Ltda.
1.ª Edição - Copyright© 2024 do autor
Direitos de Edição Reservados à Editora Appris Ltda.

Nenhuma parte desta obra poderá ser utilizada indevidamente, sem estar de acordo com a Lei nº 9.610/98. Se incorreções forem encontradas, serão de exclusiva responsabilidade de seus organizadores. Foi realizado o Depósito Legal na Fundação Biblioteca Nacional, de acordo com as Leis nºs 10.994, de 14/12/2004, e 12.192, de 14/01/2010.

Catalogação na Fonte
Elaborado por: Josefina A. S. Guedes
Bibliotecária CRB 9/870

A663d
2024

Araujo, Roberto Leandro de
  Diferentes, mas cada um do seu jeito / Roberto Leandro de Araujo. – 1. ed. – Curitiba: Appris, 2024.
  28 p. : il. color. ; 16 cm.

  ISBN 978-65-250-5510-7

  1. Literatura infantojuvenil. 2. Diferenças individuais. 3. Amizade. 4. Respeito. I. Título.

CDD – 028.5

Roberto Leandro de Araujo

Diferentes,
mas cada um do seu jeito

Appris
Editora

*Meus agradecimentos
à minha esposa e filho,
que acreditaram na realização deste sonho,
e a todos que de alguma forma
contribuíram nesta jornada.*

"É justamente a possibilidade de sonhar que torna a vida interessante."
(Paulo Coelho, 1988)

... QUE ATÉ PARECE SER GROSSEIRA, MAS NA HORA DO PERIGO, FOI ELE QUE SALVOU PÉTALA, O BROTO DAQUELA ROSEIRA.

MUITA CORAGEM TEM ESPETO
POIS NÃO SABIA O QUE ERA MEDO,
ATÉ QUE VIU CHEGANDO DEVAGAR
UMA CABRA PARA SE ALIMENTAR.

DE UMA SÓ VEZ, SUA CORAGEM ACABOU
AO VER NAQUELA TARDE DE SOL
QUE UM ARBUSTO A CABRA DEVOROU.

AOS POUCOS, A CABRA CHEGAVA MAIS PERTO,
E MESMO COM OS OLHOS ABERTOS
NÃO TIVERAM TEMPO DE GRITAR,
QUANDO PERCEBERAM,
LÁ ESTAVA ELA
COM SEU FOCINHO A FUÇAR.

BALANÇOU A CABEÇA PRA UM LADO
CHACOALHOU O FOCINHO PRA OUTRO,
E LÁ ESTAVA ESPETO...

... QUE, ARRANCADO DE SEU POSTO,
FICOU PENDURADO NA CABRA
BEM PERTO DO PESCOÇO.

ASSIM FICOU POR DIAS
OUVINDO A CABRA EM SEU LAMENTO.
MAS ENTRE UM CHACOALHO E OUTRO
ESPETO TEVE O ENTENDIMENTO
QUE DEVERIA SIM AJUDAR.

COM A CHEGADA DA NOITE
TAMBÉM O CANSAÇO E A CALMARIA,
ORIENTOU A CABRA A BAIXAR O PESCOÇO
QUE DALI ELE SOLTARIA.
JÁ COM SUAS RAÍZES FIRMES NO CHÃO, ESPETO DISSE:
— AGORA DÊ UM PUXÃO.

PRONTO! QUE ALÍVIO A CABRA SENTIU
AO VER AQUELE ESPINHO PELO CHÃO.
MAS AO OLHAR A PLANTA TRISTE
RESOLVEU DEMONSTRAR GRATIDÃO.

PERGUNTOU, ENTÃO, A CABRA:
— Ó PLANTINHA, TRISTE,
O QUE É QUE TE CHATEIA?
ESPETO LEVANTOU O OLHAR AFIRMOU:
— QUERO VOLTAR PARA MINHA FLOREIRA.

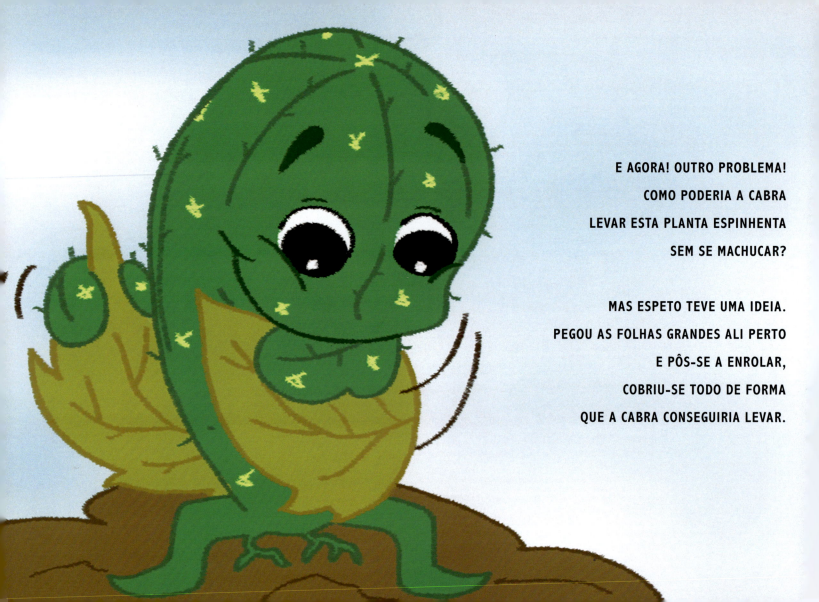

E AGORA! OUTRO PROBLEMA!
COMO PODERIA A CABRA
LEVAR ESTA PLANTA ESPINHENTA
SEM SE MACHUCAR?

MAS ESPETO TEVE UMA IDEIA.
PEGOU AS FOLHAS GRANDES ALI PERTO
E PÔS-SE A ENROLAR,
COBRIU-SE TODO DE FORMA
QUE A CABRA CONSEGUIRIA LEVAR.

E JÁ NO CAMINHO,
À BEIRA DO LAGO RESOLVERAM PARAR.
ADMIRANDO AQUELA BELEZA
NOTARAM QUE ALI HAVIA UM PEIXE
QUE COMEÇOU A SALTAR.

MUITO CURIOSO ESSE PEIXE
POIS LOGO QUIS SABER,
ONDE IAM A CABRA, A PLANTA
E O QUE IAM FAZER.

— TAIS DIFERENÇAS NÃO IMPORTAM. DISSE CORAL. POIS NESTA AMIZADE HAVIA CARINHO, AMOR E RESPEITO, MOSTRANDO QUE ALI ACEITARAM CADA UM DO SEU JEITO.

E FINCANDO AS RAÍZES NA BEIRA ESPETO FALOU
QUE PARA A FLOREIRA NÃO DESEJAVA MAIS VOLTAR,
POIS ALI HAVIA ENCONTRADO GRANDES AMIGOS E UM NOVO LAR.

PARA COLORIR!

VAMOS DESENHAR UMA FORMIGA

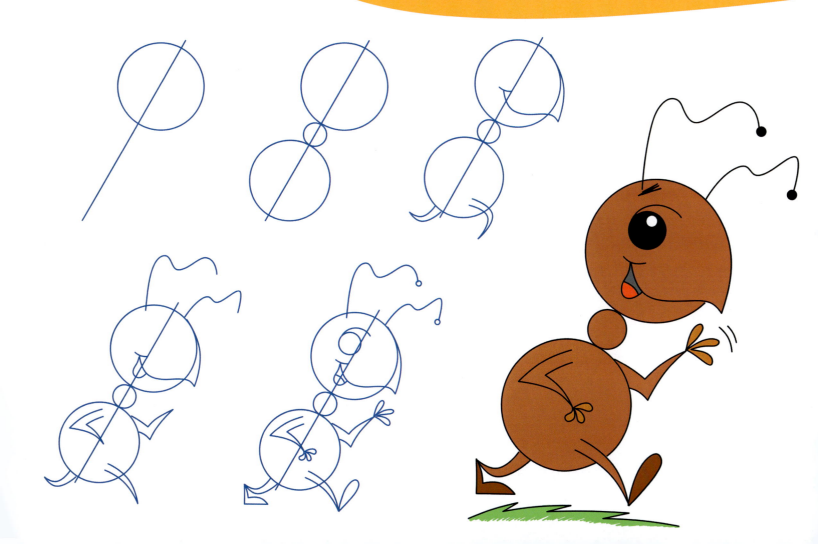

PARA DESENHAR

Roberto Leandro de Araujo

ATUA HÁ 30 ANOS COMO PROFESSOR DE ARTE EM ESCOLAS PÚBLICAS DO ABC PAULISTA E SÃO PAULO. AUTODIDATA, DESPERTOU SEU INTERESSE POR DESENHO AINDA CRIANÇA, JUNTO A SEU IRMÃO, PASSANDO HORAS DO DIA DESENHANDO. FORMADO EM ARTES PLÁSTICAS, ESPECIALIZOU-SE EM ARTES VISUAIS, PEDAGOGIA E SUPERVISÃO ESCOLAR. ACREDITANDO NA IMPORTÂNCIA DA REALIZAÇÃO DE SEUS SONHOS, TRABALHOU COMO ARTE FINALISTA, DESIGNER GRÁFICO, ILUSTRADOR E ASSISTENTE DE DIRETOR DE ESCOLA. ATUALMENTE, É PRATICANTE DE ARTES MARCIAIS CHINESAS (OUTRO SONHO DE INFÂNCIA) E VIVE NA REGIÃO DO ABC PAULISTA COM SUA ESPOSA E FILHO.